Federleicht

Das Buch

»Kennen Sie das?«, ist eine Kolumne die ich für den Donau Kurier Verlag schrieb. Heute vereine ich die sechs Humorquickies zu einem Band. Ich freue mich darüber, Ihre Lachmuskeln zu kitzeln und Ihnen Ihren Tag mit meinen Kurzgeschichten versüßen zu dürfen.

Die Autorin

Aufgewachsen mit deutsch-schwedischen Wurzeln und einem zweisprachigen Herzen wusste die Autorin schon früh, dass das Schreiben ihr Lebenselixier ist. Sie kann nicht ander, sie muss...
Bald lebt sie mit Freund, Hunden, Katzen und zwei ihrer erwachsenen Kinder in Schweden.

Die Illustratorin

Ella Fay Springer malt, seit sie einen Pinsel halten kann. Ihre Kreativität kennt keine Grenzen. Ob mit Blei- oder Buntstift, ob mit Acryl- oder Wasserfarben. Was sie auch als Grundbaustein wählt, es werden Kunstwerke daraus. Die Illustrationen in diesem Buch entstanden in Aquarell.

Ivonne Isabell Springer

Fast Food für die Lachmuskeln

Kolumne »Kenne Sie das?«

Text:

© 2024 Ivonne Isabell Springer

Illustrationen:

© 2024 Ella Fay Springer

Verlag: federleicht, Denkendorf
        tredition GmbH, Hamburg

ISBN 978-3-384-17357-7

Printed in Germany

Gewidmet meinen Lesefreunden und
herzverbundenen Wortliebhabern

Das ist das Herrliche an der Freude, dass sie
Unverhofft kommt und niemals käuflich ist.

Herrmann Hesse

Maurerdekolleté de luxe

Kennen Sie das?

Sie sitzen sonntags mit Ihrem Mann auf dem Sofa. Mangels Alternativen, wie Sie Ihrem Gatten liebevoll verständlich gemacht haben, läuft der »Hundeprofi«. Ihr Mann hat sich hinter seiner Autozeitung verschanzt, grunzt ab und zu und Sie werten dies als Zustimmung zu Ihrer ausgezeichneten Wahl des Fernsehprogramms.

Samariter M. R...etter aller bellenden Vierbeiner kniet sich gerade hin und hebt seinen obligatorischen Futterbeutel auf. Leicht lüpft sich bei dieser gewagten Turnübung sein Shirt und nur für eine Millisekunde, für das menschliche Auge kaum wahrnehmbar, deshalb wurde es wohl auch nicht herausgeschnitten, ist sein Maurerdekolleté zu sehen. Sie schmunzeln und schielen kurz zu Ihrem Mann hinüber. Der grunzt nur wieder und hat von den prachtvollen Bildern nichts mitbekommen. Tja, sein Pech! Sie widmen sich also wieder ihrem Star auf der Leinwand.

Fernsehstar, denken Sie da!? Was heutzutage so alles als Star durchgeht, überlegene Sie und Ihre Gedanken schweifen ab.

Früher war, was einen Star ausmacht, klar definiert. Eleganz, gutes Aussehen, Charisma ... Nur wer diese Attribute sein eigen nennen durfte, traute sich an den Gedanken heran, ins Rampenlicht zu treten. Bilder von Romy Schneider, Alain Delon in nobler Abendgarderobe ziehen an Ihrem geistigen Auge vorbei. Dann ploppt die Gedankenblase weg und Sie sehen auf dem Bildschirm wie ein pickliger Teenager versucht, seinen zähnefletschenden Chihuahua vom Bein eines Briefträgers zu entfernen. Der zottlige Hundeflüsterer erscheint in Großaufnahme und kurz denken Sie, dass er seine haarigen Klienten so gut versteht, da er mit Ihnen verwandt sein muss. Mit großen Gesten erklärt er, eine Wasserspritzflasche schwenkend, den Grund für das asoziale Verhalten dieses andersartigen Wesens.

Es ist schon etwas Komisches mit diesem Mann, denken Sie. Etwas dicklich, mit Haaren, die sicher schon seit Monaten keinen Friseur mehr unter die Hände gekommen waren, stapft er durch die Heide. Der dunkelblaue knittrige Schlabberlook rundet das Bild eines Mannes ab, der so gar nichts gemein hat mit David Beckham, Brad Pitt und Keanu Reaves. Und doch, wenn Sie ihn so betrachten, regt sich da etwas in Ihnen. Wie kann das nur sein? Wurden Sie früher bei den kernigen Jungs von Take That schwach und träumten davon, einmal: »Mark, ich will ein Kind von dir!!«, auf die Bühne zu schreien, kriegen Sie heute bei einem Tierversteher wacklige Knie.

Panische Verwirrung macht sich in Ihnen breit und Sie rutschen nervös auf der Couch hin und her. Ihr Mann schaut hinter seiner Zeitung hervor und zieht skeptisch die linke Augenbraue in die Höhe. Verzweifelt ringen Sie um ein unverdächtiges Lächeln. Er taucht, Gott sei Dank wieder ab, ohne eine Frage zu stellen. Manchmal ist es doch gut, dass Männer einem Gespräch lieber aus dem Weg gehen, denken Sie. Doch Ihr Kopf gibt noch keine Ruhe! Woher kommt dieser abgrundtiefe Fall Ihrer Männerfantasien?

Ihr Blick schweift umher und streift eine Fotografie der Kinder. Ihr Herzschlag beruhigt sich. Die drei bezauberndsten Wesen der Welt grinsen Sie an. Das können Sie im Moment leicht so empfinden, denn Ihr großer Sohn ist auf einer Party mit Kollegen, Ihr Mittlerer spielt in seinem Zimmer Playstation und die Kleine schläft schon friedlich in ihrem Bettchen.

Gut, dass es Abwesenheit gibt! Das wird einem während einer langjährigen Karriere als Mutter immer bewusster, denken Sie. Wer und wie viele abwesend sind, ist gar nicht so erheblich, Hauptsache abwesend! Dann kann das Elternherz wieder vollaufen mit all der absurd naiven grenzenlosen Liebe, die es braucht, um der wahren Gegenüberstellung im Alltag standzuhalten.

Ein Pfiff ertönt und M. R. zeigt mit zusammengebissenen Zähnen einer sturen alten Dame den Umgang mit dem Zaubergerät Trillerpfeife, während er gleichzeitig liebevoll dem sabbernden Beagle hinter den Ohren krault. Vielleicht ist es das, schießt es Ihnen durch den Kopf. Alleinstehend und jung hatte man die Vorstellung männertechnisch nach den Sternen greifen zu können. Heute zählen eindeutig andere Werte. Vom Hundeflüsterer zum Kinderversteher ist es kein weiter Weg, vom Kinderversteher zum Mütterkenner nur ein Katzensprung. (Diese Assoziation würde M. R. nicht gefallen!) Und vom Mütterkenner zum Frauenflüsterer... Tja, das erklärt sich von selbst. Denn das sind wir Mütter ja auch irgendwie – Frauen, oder nicht!?, denken Sie.

Der James Dean von heute verpasst einem besonders aggressiven Pudel einen Maulkorb, schließt dann das Gatter hinter sich und winkt in die Kamera. Sie schalten den Fernseher aus und wenden sich um. Ihr Mann legt gerade seine Zeitung in den Korb und lächelt sie an. Etwas Grünes hängt noch vom Mittagessen zwischen seinen Zähnen, aber davon lassen Sie sich in solch einem ergreifenden Moment nicht ablenken. Ihr Herz macht einen sachten Sprung und Ihnen wird bewusst; er hat viel mehr Ähnlichkeit mit dem Fernsehidol von heute, als Sie dachten. Glücklich streicheln Sie ihm liebevoll über die Wange und drücken ihm einen Kuss auf die Lippen. Lieber einen Frauenflüsterer in der Hand, als einen nimmersatten Womanizer auf dem Dach, denken Sie.

Ich mag keine Hunde, ganz besonders nicht Rüdiger

Tante Elsa und Rüdiger haben sich für heute angekündigt. Ich nehme den letzten Schluck Kaffee aus meiner Tasse und stelle sie laut scheppernd in die Spüle. Rüdiger ist nicht etwa Elsas Mann, nein, er ist ihr fieser, charismatisch unterentwickelter Zwergspitz. Ich mag keine Hunde, ganz besonders nicht Rüdiger.
Wie hieß er noch, überlege ich dann. Martin, fällt mir gleich darauf ein. Ja, Martin

hieß Elsas Mann. Er hatte sich nach fünf Jahren Ehe, davon drei inklusive Rüdiger, einen Rucksack auf den Rücken gebunden und war abgehauen. Auf dem kleinen Zettel den er Elsa hinterlassen hatte stand: „Rohrbach ist klein, die Welt ist groß. Mit dir war's beschissen, jetzt bist mich los!" Mann hab ich ihn für seinen Mumm bewundert.

Das Bedürfnis nach einer weiteren Ladung Beruhigungskoffein meldet sich immer dringlicher in mir, doch dann klingelt es auch schon.
»Machst du eben mal auf Schatz?«, trällert meine Angetraute aus dem Esszimmer, wo sie schon seit geraumer Zeit Dekoblümchen auf dem Esstisch arrangiert. Ich nehme die Glaskanne aus der Kaffeemaschine, lasse den grauen Plastikdeckel aufschnappen und kippe die dicke, dunkle Brühe in mich hinein. Ich stelle die Kanne zurück, strecke den Rücken durch und wandle mit koffeingepeitschtem Herzschlag, der meiner Sicht eine grelle Aura verleiht, zur Haustür.

Als ich sie Minuten später mit einem letzten tiefen Atemzug öffne, schleudert mir ein rotes Ungetüm eisige Wassertropfen ins Gesicht. Dann faltete Elsa ihren schrillen Schirm zusammen und stellt ihn, immer noch tropfend, auf den Holzfußboden. Meine Faust ballt sich in meiner Hosentasche und ich spüre die Schwielen der letzten Wochen an meinen Händen. Ich beobachte die Wasserlache, wie sie sich langsam immer weiter um die silberne Spitze des Nylonungeheuers ausbreitet. Schweiß tritt mir auf die Stirn, als ich vor mir sehe, wie ich auf den Knien rutschend, den Boden mit einer Schleifmaschine schmirgelnd, staub hustend arbeite. Das sündteure neue Wachs, das ich danach sorgfältig mit einem weichen Baumwolltuch aufgetragen habe, erhebt sich gerade in Form von kleinen Kobolden die gegen die Nässe mit winzigen Eimern ankämpfen, vor meinen Augen. Ich schrecke aus meiner düsteren Fantasie hoch als Elsa mir ein grelles: »Hallo, hallooo!«, ins Ohr trällert.

Danach stapft sie mit festen Tritten die Wassertropfen von ihren knallroten Pumps. Jedes Loch, das ihre Pfennigabsätze in meine Bohlen schlagen, bohrt sich direkt in mein Herz. Völlig unerwartet umfasst sie plötzlich mein Gesicht mit ihren feuchten Lederhandschuhen und schmatzt mir laut einen klebrigen Lippenstiftkuss auf den Mund. Ihre Handschuhe machen in etwa das gleiche Geräusch, als sie sich schmerzhaft wieder von meiner Haut lösen. Lässig lässt sie sogleich ihren getigerten Mantel von den Schultern gleiten. Mit einem James Bond würdigen, aalgleichen Sprung, fange ich ihn gerade noch auf, bevor die schweren Goldknöpfe weitere Scharten in mein Lebenswerk reißen können.

»Holst du Rüdiger?« Sie sieht mich nicht an, als sie mit ihrem pinklackierten Zeigefinger zur Tür hinausweist und sodann klackernd ins Esszimmer wackelt, wo sie laut säuselnd meine Frau begrüßt.

Es gießt in Strömen als ich in die Einfahrt blicke. Ich mag keine Hunde, ganz besonders nicht Rüdiger. Ich schnappe mir Elsas Schirm, und spanne ihn auf, dann blicke ich mich um, bevor ich mit dem rotlichtmilieuverdächtigen Gegenstand aus dem Haus trete. Doch da man bei diesem Wetter nicht mal einen Hund vor die Tür schickt, ich kichere leise über meinen gelungenen Aphorismus, sind nicht mal die neugierigsten Nachbarn zu sehen. In dem Moment, als sich Schnee zwischen die Regentropfen mischt, spurte ich los. Auf der zweiten Treppenstufe rutsche ich aus und verdrehe mir den Knöchel.

»Verdammt!«, entfährt es mir fluchend. Mit schmerzverzerrtem Gesicht überwinde ich humpelnd die letzten Meter bis zu Tante Elsas rotem Opel Kombi. Hektisch, um das so schnell wie möglich hinter mich zu bringen, reiße ich die Kofferraumklappe auf. Das fiese Knurren von Rüdiger durch seine schiefen Vorderzähne dringt mir, wie sonst nur das Geräusch des Zahnarztbohrers, direkt in den Magen. Als ich die rosa Plüschdecke betrachte, überlege ich, ob mein stressgeplagtes Gehirn sich das Knurren nur eingebildet hat, denn sie ist leer. Ich beuge mich weiter ins Wageninnere und rufe mit leicht verkniffenem Mund nach Rüdiger. Doch weit und breit ist kein Hund zu sehen. Als ich den Kofferraum schließe, bleibt der Rand des roten Stofftrapezes daran hängen, um dann befreit zurück in seine Ausgangsposition zu schnalzen. Eine Ladung Eiswasser klatscht mir mit einem nassen Schwall unters Hemd und rinnt mir den Rücken hinab um in meiner Unterhose zum Stillstand zu kommen. Breitbeinig rette ich mich auf schnellstem Wege zurück ins Haus.

»Wo ist Rüdiger?«, empfängt mich meine Tante direkt hinter der Tür.
»Öhm, er war nicht da.« Ich hinke, so schnell es mein stechender Knöchel zulässt, die Treppe hinauf. Mittlerweile laufen mir eisige kleine Rinnsale die Beine hinunter.
»Ein Hund löst sich doch nicht in Luft auf!« Die schrille Stimme trifft auf der Hälfte meines Fluchtwegs so schmerzhaft auf

mein Trommelfell, dass ich ins Taumeln gerate und abrupt stehen bleibe. Meine Frau kommt von oben die Treppe herunter und versperrt mir zusätzlich den Weg.

»Wie Rüdiger ist nicht da?« Sie fixiert mich mit ihren stahlblauen Augen, die ich einst für wundervolle Smaragde gehalten habe. Ich Idiot!

»Na ja...« Während ich ein paar Stufen von ihr weg weiter hinunter trete, versuche ich mit sanfter Stimme das Unglaubliche zu erklären: »Er war eben nicht im Auto.«

Ich höre ein wohlbekanntes, alarmierendes, wirsches Zischen zwischen den Lippen meiner Angetrauten hervorschießen. Dazu singt Tante Elsa in unerträglicher Frequenz: »Nicht im Auto? Nicht im Auto?...«

Ihre weißblonde, kruselige Dauerwelle scheint sich mit jeder Wiederholung vor meinen Augen auf ihr doppeltes Volumen aufzubauschen. Dasselbe passiert mit dem Druck in meinem Innenohr.

Drei Minuten später stehe ich wieder vor der Tür. Ohne Jacke, aber immer noch in meinen mittlerweile tiefgefrorenen Klamotten. Als einziges Schutzschild gegen den soeben stark einsetzenden Eisregen hat mir Elsa ihr pornösfarben leuchtendes Stoffzelt in die Hand gedrückt.

»Finde meinen Liebling!«, kreischte sie und schob mich mit der Hilfe meiner Frau aus dem Haus. Ich mag keine Hunde, ganz besonders nicht Rüdiger. Frierend wanke ich am Auto vorbei. Sehnsüchtig blicke ich ins trockene Innere. Doch Rüdiger hat Angst vor lauten Motorengeräuschen, deshalb muss ich zu Fuß suchen, lautet mein Befehl.

Eine Stunde stolpere ich durch die mittlerweile dunklen Straßen. Die heftig herabprasselnden Hagelkörner haben in den ersten Minuten ein Sieb aus dem Schirm gemacht. Mein malträtierter Körper nimmt die Folter wie eine Art Sadomaso-Dusche mit einem leicht verrückten Vergnügen wahr. Die sibirischen Temperaturen sind sicher gut für meinen, auf doppelte Größe angeschwollenen Knöchel, der dumpf in meinen offenen Hausschuhen vor sich hin pocht, denke ich und ziehe eine Grimasse. Ein Huschen unter einem Feuerbusch lässt mich innehalten. Vorsichtig biege ich einen der dornenübersäten Äste nach hinten, um zu sehen, ob es Rüdiger ist, der sich da versteckt. Ein unachtsamer Tritt mit meinem schmerzenden Fuß lässt mich auf einer kleinen Schneeanhäufung ausrutschen. Der Ast entgleitet meinen steif gefrorenen Fingern und zischt wie eine Peitsche der Geißclung über meine rechte Wange und ich gehe in die Knie. Mein Aufschrei verhallt ungehört in der neblig klirrenden Nacht. Mit schlammtriefender Hose krieche ich aus der Mulde, während mir das Gebüsch weitere Löcher durch meine Lieblingsjeans in meine Oberschenkel reißt. Geschlagen trete ich, mit dem in Fetzen hängenden Regenschirm, den Rückweg an. Blut rinnt mir in kleinen Bächen die Wangen hinab und durchtränkt mein weißes Hemd. Kurz bevor ich mich ungesehen in meine Einfahrt retten kann, biegt aus dem Haus nebenan der Van der fünfköpfigen Nachbarsfamilie auf die Straße. Sie winken mir fröhlich zu, bevor ihre Gesichter erstarren und sie ihre Hände sinken lassen. Ich schneide eine gehässige Fratze und wische die Blutspuren quer über mein gruseliges Antlitz. Die Jüngste verzieht das Gesicht zu einem Schrei und der Vater drückt mit aller Kraft aufs Gaspedal.

Dreimal hämmere ich mit meiner taubgefrorenen Faust auf den Klingelknopf ein, bevor meine Angetraute endlich die Tür öffnet. Sie würdigt mich keines Blickes und eilt die Treppe hinauf.
»Ich bin wieder da«, versuche ich auf meinen elenden Zustand und meinen heldenhaften Einsatz aufmerksam zu machen.
»Jaja«, ruft die einstige Liebe meines Lebens. Oben am Treppenabsatz angekommen dreht sie sich doch noch einmal zu mir um. Leise Hoffnung glimmt in mir auf.
»Wir haben Rüdiger gefunden«, sagt sie mit einem vor Mitleid triefenden Blick. »Der Arme hat sich bei dem prassenden Regen wohl so erschreckt, dass er sich in die hin-

terste Ecke der Garage verzogen hat. Er ist total verängstigt und durchgefroren. Wir haben ihn warm gebadet und geföhnt. Elsa legt ihn gerade ins Bett.«

»In welches Bett?« Ich höre selbst, wie meine Stimme einen hysterischen Unterton angenommen hat, der dem von Tante Elsa gar nicht mehr so unähnlich ist. Meine Frau wirbelt unwirsch mit ihrer Hand.

»In deins natürlich, es steht schließlich direkt neben der Heizung.« Dann zieht sie die Augenbrauen zu einem Strich zusammen, wie nur sie es kann.

»Wie siehst du überhaupt aus? Zieh dich im Keller um. Du ruinierst ja mit dem ganzen Blut den schönen neuen Boden.« Eine Weile ist mein Kopf leer, doch dann meldet er: >Ich mag keine Hunde! Aber gerade eben wäre ich gern Rüdiger!!<

Lieblingsdinge

Kennen Sie das?

Es ist Samstag elf Uhr, kurz nach dem Frühstück. Ihr Mann streckt sich und ruft tatendurstig und auch leicht aggressiv: »Heute wird ordentlich ausgemistet.«

Sehnsüchtig sehen Sie das letzte Mal in den Garten hinaus, wo eine pralle Sonne vom sattblauen Himmel strahlt. Dann wenden sie sich mit hängenden Schultern ab und stapfen tapfer Ihrem Gatten hinterher, die Treppe hinab ins dunkle Verlies. Unten angekommen legt Ihr Angetrauter die Hand auf die Klinke des Raumes, der über die Jahre zur Altlasten Lager- und Grabstätte geworden war. Mit erhobenem Haupt dreht sich der Holde zu Ihnen um. Seine Augenbrauen spielen hochgezogen ihr typisches Tadeltheater. Es fehlt nur noch der erhobenen Zeigefinger.

»Was die Kinder da wohl wieder alles hineingestellt haben!?« Er spricht's wie die Verkündung des Alten Testaments.

»Die kriegen einfach zu viel und *ICH, ICH* muss das dann alles wieder wegschaffen!« Seine absolute Handlungsbereitschaft demonstrierend legt er viel Schwung in die gewollte Öffnung der Tore zum Grauen. Nur eine Millisekunde später kracht es laut, als seine große Nase gegen die Glasraute in der oberen Hälfte der Türe trifft.

»So eine Scheiße!«, flucht er ungehalten. Während er sich die Nase kühlt, angeln Sie mit langem Arm durch den dünnen Spalt, den sich der Einlass öffnen lässt. Sie tasten herum, um zu erfühlen, was sich den

Samstag Vormittagsplänen Ihres Mannes so vehement in den Weg stellen will. Dann endlich fühlen sie etwas Kühles, Glattes unter ihren Händen. Ein wenig schaudert Ihnen, wissen Sie nicht, was es ist, was sie da zwischen den Fingern spüren. Tapfer ziehen und zerren Sie daran, ihren wimmernden Gatten im Augenwinkel. Und endlich bewegt sich etwas.

»Ich habs!«, rufen Sie stolz über Ihren Erfolg und präsentieren übermütig den Übeltäter.

»Es war nur einer deiner Langlaufski!«

Ihr Mann brummt etwas Unverständliches und schleudert den blutigen Lappen in das Waschbecken neben sich. Er nimmt Ihnen das ungebrauchte Wintersportgerät mit einem Grummeln aus den Händen und drängt sich an Ihnen vorbei in den voll-gestopften Raum. Er klettert über zwei Alt-kleidersäcke und stellt den Ski hinter die Tür, wo er lustig unstet vor sich hin-schwankt. Ein Zucken meiner Hand, als ich etwas dazu sagen will, wischt er wirsch mit einer Handbewegung fort.

»Jetzt komm endlich! Es gibt viel zu tun! Ich fang da hinten an!«, verkündet er und klingt dabei ein wenig so wie Arnold Schwarzenegger in Terminator nur ohne den niedlichen österreichischen Akzent. Erstaunlich behände schlüpft Ihr Held zwischen einem mit Geschirr vollgestellten Regal und wackligen Kistentürmen ins Hintere des Verwahrraums. Er öffnet eine Schachtel in der hintersten Ecke.

»Na sieh mal einer an!«, ruft er aus. Sie können nicht definieren, ob es ein wohliger oder sauerer Ausstoß ist.

»Was?«, fragen sie. »Playmobil oder Lego?«

Doch er schüttelt den Kopf: »Ne ne, meine alten Motorradklamotten!«

Mit versonnenem Blick stiert er in den Karton. Dann zieht er eine schwarze Lederkombi mit roten Streifen an den Armen aus der Kiste und Sie sehen sofort, dass er in das schmale Teil nie wieder hineinpassen wird. Seine Augen strahlen und Sie sagen lieber nichts. Stattdessen wenden Sie sich um und nehmen ein paar nigelnagelneue Rollerblades aus einer Plastikbox.

»Hei, erinnerst du dich noch?«, fragen Sie und lassen die lila Teile an ihren Schnürsenkeln in der Luft baumeln. Ihr Mann nickt unter seinem schwarzen Helm mit den orangen Feuerstreifen an den Seiten.

»Die Kinder konnten das super. Aber wir haben's nur einmal probiert«, sinnieren Sie leicht abwesend. Dann kommen Sie wieder zu sich und fragen: »Sollen wir die wegtun?«

»Nö!« Nur gedämpft dring die Stimme ihres Gemahls hinter dem zugeklappten Visier hervor. »Das probieren wir irgendwann noch mal. Wir gehören doch noch lang nicht zum alten Eisen!« In seinem alten Helm scheint ein Lüftchen vergangener Tage zu wehen, denken Sie und stellen die Rollschuhe zurück. Danach greifen Sie zu einer Stofftasche, die an einem Baseballschläger hängt, der aus dem Regal ragt. Sie lugen hinein und sind begeistert: »Meine Kochbücher!« Jedes hat ein anderes Thema. Muffins, Sandwiches, Cocktails und Mmmh, Ihnen läuft das Wasser im Mund zusammen, saftige Quiches. Was Sie früher alles ausprobiert haben und wie viele Feste sie gefeiert haben. Vielleicht machen Sie sich ja mal wieder einen dieser besonders leckeren Kokoscocktails, die waren echt jammi!!?

»Lass uns doch nächsten Samstag wen einladen«, sagen Sie mehr zu sich selbst und lassen die Tasche zurück an ihren Platz baumeln. Ihr Gatte hat sich mittlerweile der alten Kleidung entledigt und blättert in einer anderen Kiste. Scheinbar hat er seine Zeitschriftensammlung gefunden. Sie klettern über zwei Wäschekörbe mit alten Büchern darin, um an ein anderes Regal in der hinteren Ecke zu gelangen. Magisch angezogen werden Sie von den Küchengeräten, die sie dort erspäht haben.

Was da wohl alles dabei ist? Sie lassen Ihre Augen schweifen. Die Joghurtmaschine! Ihr Herz macht einen sachten Hüpfer. Die ist so simpel zu bedienen. Nur ein bisschen Joghurt rein, Milch drauf und stehen lassen, oder so ähnlich, erinnern Sie sich. Schade, dass Sie es nie wirklich ausprobiert haben. Aber es soll wirklich sehr simpel sein und schon hat man schwupp, im Handumdrehen frischen selbst gemachten Joghurt ganz ohne Chemie. Aber dann erblickt ihr Auge auch schon eine neue Sensation. Der Entsafter! Wow, was ein tolles Gerät. Einfach nur Äpfel oder Karotten rein oder auch beides gleich zusammen. Aus allem, was man oben reinsteckt, wird unten Saft. Fast schon Zauberei! Einen Monat lang haben sie damals gesaftet, was geht. Bis auf den Apfelsaft hat Ihre Familie nichts davon gemocht. Aber der Apfelsaft war wirklich lecker. Bis Ihre Tochter dann einen Hautausschlag auf die naturtrübe Flüssigkeit entwickelt hat. Bald danach brauchten Sie den Platz für den neuen Kaffeevollautomaten. Sie drücken auf seinen silbernen Knöpfen herum. Da kam Cappuccino, da Espresso, bis das Ding seinen Geist aufgegeben hat und trotz teurer Reparatur keine koffeinhaltigen Heißgetränke mehr liefern wollte, sinnieren Sie still und zucken die Schultern. Jetzt gibt es wieder die gute alte Bodum zum Drücken. Geht viel schneller, ist viel günstiger und umweltschonender.

»Soll ich uns mal wieder einen Karottensaft zum Frühstück pressen?«, fragen Sie.

»Bloß nicht!«, ruft ihr Prachtexemplar aus der Mitte des Raumes, wo er auf einer Schachtel sitzt und in einer anderen herumkramt.

»Sieh dir das an!«, bellt er da auf einmal und zieht eine alte Videokassette hervor, an der sich schon die Papphülle wellt.

»Al Bundy, und Alf, alle Folgen! Baywatch chronologisch sortiert! Rocky I bis V und Stirb langsam, da hab ich alle Folgen bis auf die Letzte!«

»Unser Videorekorder hat vor zehn Jahren den Geist aufgegeben«, geben Sie vorsichtig zu bedenken. Wahllos öffnen Sie einen Karton zu ihren Füßen und Ihr Herz setzt zu einem Trommelwirbel an. Ihre alten LP's!! Sie ziehen eine heraus. Michael Jackson-BAD! Sie vollführe einen Mikromoonwalk und singen: »You know I'm bad, I'm bad, you know it!« Dann greife Sie sich in den

Schritt: »Iiihii!« Ihr Gatte lacht, während er eines seiner alten Mathematik Schulhefte in die Höhe hebt und mit stolz geschwellter Brust auf eine rote Drei in der oberen Ecke zeigt.

»Fast nur Eins'n«, murmelt er vor sich hin und nickt andächtig. Sie lassen sich nicht stören, denn Ihre Glückssträhne reißt nicht ab.

»Jason Donovan und Kylie Minogue! Meine allererste Platte!«, rufen Sie und schmettern mit triefiger Stimme: »Especially for you!« Sie sind nicht mehr zu stoppen. Die Nächste muss her.

»I can't dance, I can't sing...«, brummen Sie und bewegen sich roboterartig. Plötzlich schreckt ihr Mann sie mit fast boshaft lauter Stimme aus ihren Dancefantasien.

»Hab ich's doch gewusst, haha!!« Alarmiert blicken Sie auf und sehen ihn, in einer winzigen Tüte wühlen.

»Was?«, fragen Sie fordernd.

»Pokemonkarten! Von den Kindern!«, sagt er festlich und hebt triumphierend seinen mikroben Fund in die Höhe.

»Nein«, erwidern Sie gespielt entsetzt. Er klettert mit der Tüte zu Ihnen herüber. Reflexartig drücken Sie ihre Schallplatten fest an Ihre Brust.

»Die werden jetzt entsorgt und dann haben wir für heute genug geschafft!«, entscheidet ihr Göttergatte vehement. Sie grinsen vergnügt und ein wenig irre, während Sie hören, wie der Mülltonnendeckel zuschnappt. Dann rumpeln Sie vorwärts zwischen den nun geöffneten Kartons und Kisten hindurch und schließen die Tür. Ein leises Vibrieren ihrer Hand, die noch auf dem Türgriff liegt, sagt Ihnen, dass der Langlaufski eben wieder an seinen angestammten Platz auf die Klinke zurückgerutscht ist. Sie zucken die Achseln, dann spurten Sie, ihren musikalischen Schatz immer noch an den Leib gedrückt, die Treppe hoch ins Sonnenlicht.

»Gut, dass der Plattenspieler noch funktioniert«, wispern Sie leise zu sich selbst.

Biounverträglichkeit

Kennen Sie das?

Es ist Samstag Morgen, neun Uhr. Sie schieben sich gerade eine Nutellasemmel zwischen die Kiemen und beobachten Ihre Frau. Sie hat diverse Ökotesthefte und Kochbücher neben sich ausgebreitet. Worte wie glutenfrei und Superfood springen Ihnen ins Auge. Der wohlgeformte Zeigefinger Ihrer Angetrauten switcht genauso schnell von Heft zu Buch und wieder zurück, wie Apollo 11 vom Kennedy Space

Center ins All geschossen wurde. Dass sie in vier Ausgaben gleichzeitig liest, macht sie besonders unruhig. Während sie konzentriert die Seiten studiert, schafft sie es, gleichzeitig ununterbrochen zu reden. Wie macht sie das nur?, fragen Sie sich teilweise bewundernd, teilweise schockiert.

Gerade als Sie sich auf ihr Motorrad wegmeditieren wollen fixiert Ihre Frau sie mit ihren kaltgrünen Augen. Sie schießen auf Ihrem Stuhl in die Höhe, sehen sich um, nach etwas, was jetzt sofort unbedingt erledigt werden müsste, doch Sie sind zu langsam. Wie in Zeitlupe wandern die korrekt gezupften Augenbrauen Ihrer Liebsten immer weiter fragend in die Höhe, bis sie wie zu einem Spitzdach aufgetürmt, jeden Regen der darauf treffen sollte, zuverlässig abschirmen würden. Ihnen wird immer mulmiger zumute. Um so länger Ihr Schweigen wird, umso schmaler die Linie ihrer Lippen.
»Mmh?«, haken Sie zögerlich nach, wohl wissend, dass, wenn Sie jetzt nicht reagie-

ren würden der Ärger umso größer würde. Sie unterstreichen Ihr Wohlwollen mit einem leichten Kopfnicken. Kann gut gehen, muss es aber nicht. Diesmal scheinen Sie davonzukommen, denn Ihre Liebste senkt den Kopf wieder in die Bücher und meint: »Dann schreibe ich dir gleich eine Liste!«

Liste? Liste?? Ihr Gehirn zermartert sich innerlich und versucht, all die Fragezeichen zu sortieren, die augenblicklich aufploppen. Eine halbe Stunde später wissen Sie Bescheid. Sie stecken Ihre Geldbörse in die Gesäßtasche und das Wesen, das sie vor mehr als zehn Jahren, liebesblind ehelichten, fällt Ihnen um den Hals.
»Finde ich supertoll, dass du dich auch gesund ernähren willst!«, flötet sie entzückt.
»Mmh«, entfährt es Ihnen und erschrocken stellen hören, dass es mehr einer Frage gleichkam, denn einer Feststellung. Doch Ihre Frau bemerkt in Ihrem Siegestaumel davon nichts. Als sie Ihnen eine beidseitig beschriebene Dina 4 Seite, »DIE LISTE«,

überreicht stellen sich Ihnen die Nackenhaare auf.

Dinkelmehl, Quinoa, Kreuzkümmel sind nur die ersten Punkte, von aberwitzig vielen die Ihnen nichts sagen und Sie innerlich zusammenzucken lassen. Sie hören Ihren Magen knurren, aber nicht vor Verlangen, er hegt eindeutig Selbstmordgedanken.

Als Sie zehn Minuten später auf den Parkplatz im Gewerbegebiet biegen, springt Ihnen unverhofft ein Schild ins Auge:

XXXL DÖNER – 2 für 1 – nur heute!!!

Ihr Fuß senkt sich so schnell auf die Bremse, als wäre ein Sechserpack Sojabiomilch daran befestigt. Drei Minuten später tropft Ihnen saftige Fleischmayonnaisesoße vom Kinn. Als Sie die zwei Döner verdrückt haben und Ihr Bauchraum nicht mehr rebelliert, geben Sie sich einen Ruck und holen einen Wagen. Gut gestärkt, werfen Sie sich in die bunte Vielfalt der Gemüseabteilung, durchstöbern gewisse Körnerregale, vergleichen vergeblich etliche Auf-keinen-Fall-Kuhmilch-Sorten und kämpfen mit den Türen wenig zuvorkommender Gefrierschränke.

Zwei geschlagene Stunden später treten Sie endlich völlig erschöpft an die Kasse. So ein Schokoriegel wäre jetzt genau das Richtige, oder gleich eine ganze Stange Marlboro, denken Sie und ein Fünkchen Energie kehrt in Ihr Innerstes zurück, als Sie das geschockte Gesicht Ihrer Liebsten vor sich sehen, kämen Sie mit einem glimmenden Stängel zwischen den Lippen nach Hause. Obwohl längst kein Hochsommer mehr ist, klebt Ihnen nach dem Beladen des Kassenbandes das T-Shirt am abgearbeiteten Leib. Plötzlich ertönt eine grelle Stimme, die sich anhört, als hätte Sie zuletzt das Kreischen in einem Horrorfilm synchronisiert: »Sie haben den Kohlrabi nicht gewogen!« Die roten Stachelhaare der Kassiererin spiegeln bildlich ihre innere Aufregung wieder.

»Kohlrabi? Ich dachte, das wären Zucchini!«, entfährt es Ihrem biogestressten Geist. Sie nehmen die hellgrünen Bälle aus den vorwurfsvoll hingereckten Händen, sprinten zur Waage und transpirieren gleich noch ein wenig mehr als sie die bunte Bildchenvielfalt auf dem elektronischen Gerät scannen. Völlig verwirrt drücken Sie letztendlich auf irgendetwas Grünes.

»Ich will heute noch nach Hause!«, beschwert sich der Mann, der hinter Ihnen in der Schlange steht, quer durch den Laden pöbelnd. Sie können es ihm schwerlich verübeln. Die Stachelhaarige drückt auf einen Knopf und es rauscht über allen Köpfen. Dann meldet die preisverdächtige Gruselstimme: »Eine zweite Kasse öffnen! Zweite Kasse bitte!« Es knackt in der Leitung und alles erwacht wieder zum Leben, nachdem jeder wie in einem schlecht geschossenen Screenshot stillgehalten hatten. Unzählige tadelnde Minen auf vorgereckten Köpfen verfolgen Ihren wackeligen Gang zurück zur grimmig dreinblickenden Geldeintreiberin. Sie bezahlen und verlassen fluchtartig den Laden.

Fünfundzwanzig Minuten später quetschen Sie den Kasten Heilwasser auf den letzten Millimeter des Kofferraums, dann versuchen Sie, die Klappe zu schließen. Nach drei knirschenden Versuchen sind Sie endlich erfolgreich. Erleichtert lehnen Sie sich an ihr geliebtes Automobil und schließen für ein paar Sekunden ermattet die Augen. Als Sie sie wieder öffnen, sehen Sie, eine klebrige rote Flüssigkeit von der Innenseite Ihrer Heckscheibe tropfen.
»Verdammter Himbeersirup!!«, poltern Sie so laut, dass eine Buggy vorüberschiebende Mutter ihrem Sohn die Augen zuhält. »Sehr pädagogisch, was sie da machen! So kann er wenigstens hören, wie man mal ordentlich Dampf ablässt!«, schreien Sie, der augenblicklich sprintenden Mutter, hinterher.

Als Sie kurz darauf den Wagen vom Parkplatz lenken springt Ihnen wieder das XXXL-Plakat ins Auge. Wieder wird Ihr Fuß ganz schwer. Diesmal lassen Sie sich Zeit dabei Ihre letzte Henkersmahlzeit mit leckeren Geschmacksverstärkern zu verzehren, bevor Sie unweigerlich an Biounverträglichkeit zugrunde gehen werden.

Zu Hause angekommen, schleppen Sie die Einkäufe das Treppenhaus hinauf. Dann öffnen Sie schweißig dampfend die Haustür und prallen sogleich mit Ihrer Angetrauten zusammen. Sie stemmt erbost die Hände in die Hüften: »Wo warst du denn nur so lange? Jetzt ist schon drei! Jetzt brauch ich nicht mehr zu kochen!« Sie nehmen so viel Zeug auf Ihren Arm, wie möglich, und schieben sich mit einem lauten: »Vorsicht!«, an ihr vorbei.

Eine Stunde später haben sie gemeinsam die Schränke so um- und wieder eingeräumt, dass fast alles verstaut ist. Das Fehlen der Zucchini ist Ihrer Liebsten gar nicht aufgefallen. Was ein Glück! Erschöpft lassen Sie sich zusammen aufs Sofa fallen. Eine Art Erholungsgefühl will sich gerade in

Ihnen breitmachen, da biegt Ihre Jüngste um die Ecke.

»Was gibts heute zu essen?«, fragt sie unschuldig, nichts ahnend welchen Kampf Sie heute schon für die Familie ausgefochten haben. Ihre Gattin zuckt erschöpft die Achseln. Sie fragen sich gerade, womit *sie* sich so abgerackert hat, während Sie sich im Feindesgebiet befunden haben, da geht ein Ruck durch den Körper Ihrer Liebsten.

»Heute ist XXXL-Dönertag, 2 für 1!« Sie strahlt Sie an, als hätte sie gerade eine Lösung für das Atommüllproblem der G7 Staaten gefunden.

»Oh ja, Döner!«, jubelt Ihre Tochter und hüpft Ihnen mit den Knien in den vollen Bauch.

»Fahr doch noch mal schnell los und hol für jeden einen«, strahlt Sie Ihre Frau voller Vorfreude an.

Auf dem Weg zur Imbissbude rebelliert Ihr Magen und Sie hören ihn deutlich protestieren: »Noch einen Döner? Du spinnst doch!«

»Damit wir nicht auffliegen musst du da leider durch«, sagen Sie ihm.

Als sie kurz darauf mit Ihrer Familie am Esstisch sitzen und die Knoblauchsoße auf ihren Teller tropft, während Ihnen der aggressive Dönergeruch in die Nase steigt, da streikt alles in Ihnen. Hilflos sehen Sie sich um. Kein Ausweg in Sicht. Doch dann kommt Ihnen ihr Körper zu Hilfe, automatisch senken sich ihre Lider und sie werden ganz ruhig. Und dann, dann meditiert Ihr Inneres einen Zuchiniauflauf herbei.

Sonntagshorror

Kennen Sie das?

Es ist Sonntag morgen. Ihr Mann und Sie sitzen am Frühstückstisch. Sie überfliegen verschiedene Werbeprospekte und beäugen beiläufig, aber nicht wenig argwöhnisch, das Tun Ihres Mannes. Er zeichnet auf einer Radtourenkarte eifrig steile Aufwärtspassagen und noch steilere Abfahrten ein. Neben die heutige Strecke malt er einen Totenkopf, was er immer tut, wenn er vorhat Sie so richtig zu quälen. Als er schließlich mit einem lustvollen Grinsen noch einen roten Blitz danebensetzt, platzt Ihnen endgültig der Kragen.

»Nein!«, entfährt es Ihnen so laut, dass die Gläser in der Vitrine vibrieren.

»Nicht noch ein Sonntag durch Wald und Gestrüpp. Nicht noch ein Sonntag, an dem mir abends die Pobacken abwärts bis zu den Waden brennen. Nicht noch ein Sonntag schweißüberströmt, durstig und hungrig, aber keins der Cafés auf der Strecke genügen deinen Ansprüchen.« Als Ihre Hand mit einem lauten Knall auf die Tischplatte fällt, zuckt ihr Gatte kaum merklich zusammen und seine Mundwinkel sacken ins Nirwana. Endlich erhebt er sich. Sie dachten schon, er sei festgewachsen.

»Das ist die beste Tour seit Wochen«, blafft er noch und tippt mit dem Zeigefinger direkt neben den Totenkopf.

»Was willst du denn sonst tun?«

»Ein Buch lesen, die Sonne auf dem Balkon genießen«, sagen Sie schnell und selbst in Ihren Ohren klingt es aufgesetzt. Doch ihr Sportfanatiker tippt sich nur an die Stirn, greift nach seiner Softshelljacke und dem Helm, schlüpft in seine albernen Spiketreter und klackert von dannen.

Sie springen auf, sprinten ins Bad, überlegen einen Moment gleich im Pyjama loszuziehen und tippen dann doch während des Zähneputzens eine Nachricht an Ihre beste Freundin.

Er ist weg!

Sabine, die schon sehnsüchtig auf Ihr Signal gewartet hat, antwortet postwendend:

Rolf vorhin losgeworden! Bin schon im Onlystore!

Sie werfen die Zahnbürste ins Becken und lüpfen das Handtuch, unter dem Sie ihre Klamotten versteckt gehalten haben. Eilig schlüpfen Sie hinein, rennen die Treppe hinunter und rennen in die Garage. Ein sehnsüchtiger Blick geht hinüber zum Auto, doch Sie wissen, mit dem Rad sind sie schneller. Als sie fünfzehn Minute später schnaufend vor der Glastür des Ladens ihren Drahtesel gegen die Hauswand pfeffern rinnt Ihnen der Schweiß von der Stirn und ihre Pobacken brennen bis hinunter in die Waden. Ihr Atem geht pfeifend und Ihr Mund ist ausgetrocknet. Und doch, für einen letzten Sprint reicht es noch. An der inneren Eingangstür werden Sie jedoch jäh ausgebremst. Eine Menschentraube verstopft die Pforte wie ein Pfropfen. Sie schieben und drängeln und werden alsbald in die Mitte des Mobbs gedrückt. Ein Ellbogen rammt Ihnen ins Gesicht und eine Sekunde befürchten Sie zu erblinden. Doch als Sie ihr linkes Auge wieder öffnen, pocht es nur schmerzhaft und tränt wie verrückt. Noch mal Glück gehabt, denken Sie in dem Augenblick, als hinter Ihnen eine dunkle Frauenstimme schreit: »Achtung!«

Als Sie sich nach der Kreischerin umwenden, sehen Sie eine pinkbejackte Dame mit den Ausmaßen einer wohlgenährten Diskuswerferin. Sie stürmt, in vollem Karacho auf den Mobb zu. Das Kreischen der meist weiblichen Stauverursacherinnen schwillt ohrenbetäubend an und im nächsten Moment werden Sie, mit der Wucht eines platzenden Brustimplantats, in den Verkaufsraum geschleudert.

»Da bist du ja endlich!«, ruft Sabine, neben der Sie, wie durch ein Wunder, in der Bikiniabteilung landen. Kurz streift der Blick Ihrer Freundin Ihr geschwollenes Auge, ihre Wimpern flackern, doch dann zieht sie Sie kommentarlos weiter.

Heute ist der erste heiße Frühlingstag, deshalb ist die Wand mit den Badezweiteilern an diesem verkaufsoffenen Sonntag bis unter die Decke mit garstig stechenden Arbeiterbienen bevölkert. Es summt wie auf einer Blumenwiese im Hochsommer.

»Da oben, da oben ist noch ein Gelber!«, ruft Ihre Freundin. Sie stellen sich Sabines blasse Haut, unterstrichen durch dieses fahle Uringelb vor und schütteln sich. Doch Ihre Freundin hat Sie schon unter ihrer Beute in Position gebracht und missbraucht ihre Schultern als Leiter. Schwankend wie

ein Schilfrohr im Wind reißt sie einen Zweiteiler von der Stange, während Sie spüren wie ihre Wirbel der Reihe nach aufeinanderprallen. Die schwarzen Spuren die Sabines Sneaker auf Ihrem weißen T-Shirt hinterlassen ignorieren Sie.
»Jetzt zum Schuhladen!« Ihre Shoppingkammeradin ist in voller Fahrt und Sie folgen Ihr, so schnell es ihre miese Kondition zulässt.

Ein paar Minuten später stehen Sie hechelnd gemeinsam vor den reduzierten Regalreihen. Sie sind restlos ausverkauft. So bleibt Ihnen nichts übrig, als sich um das normalbepreiste Sortiment zu prügeln. Nur einige Sekunden brauchen Sie, um das Feld zu sondieren. Dann fällt Ihnen ein schwarzer Riemchenstiletto auf, den Sie schon immer haben wollten. Ihre Größe ist an solchen Tagen meist nicht zu kriegen. Eine Rothaarige zieht gerade das letzte Paket unter dem Ausstellungsstück weg. Als Ihnen die Zahl Achtunddreißig darauf ins Auge springt, geben Sie der knochigen

Tante einen kleinen Schubs. Nur ganz leicht, doch die Kleine im engen Minikleid kommt mit nur einem hochhackigen Pump an den Füßen ins Straucheln. Im Fallen lässt sie den Karton los, der in hohem Bogen genau in Ihre Arme knallt. Welch ein Glück, denken Sie während sie im Augenwinkel mitbekommen, wie das dürre Ding kopfüber in das Regal mit der Größe vierzig kracht.

»Tja, die sind wohl ne Nummer zu groß für dich, Schätzchen!«, höhnen Sie aufgepeitscht. Während Sie nur eine Minute später mit dem Goldstück an den Füßen vor dem Spiegel posieren zerrt die Rothaarige, deren Stirn eine beachtliche Beule ziert, eine Verkäuferin heran. Diese beschimpft Sie lautstark, zeigt auf die zerstörte 40er Regalreihe und reißt Ihnen mitleidlos die Schuhe von den Füßen, dass Ihnen die Fußsohlen brennen. Dann erteilt sie Ihnen ein lebenslanges Hausverbot und wirft Sie und Sabine eigenhändig auf die Straße. Sabine gluckst nur ungehalten und nennt Sie »den Shoppingbulldozer 2015«.

Auf ihren Arm stapeln sich drei Schuhkartons.

Zusammen klappern sie noch einige Läden in ähnlicher Geschwindigkeit ab, bis sie schließlich Stunden später in einem wahren Schalparadies stranden. Spontan wickeln Sie sich ein Frühlingstuch in zartem Rosé um den Hals, das ihre blonden Locken wunderbar zur Geltung bringt. Bei ihrem schnellen Griff übersehen Sie, dass sich dieser nicht mehr auf dem Verkaufsständer, sondern schon am Hals einer anderen Kundin befindet. Endlich glauben Sie, einen echten Fang gemacht zu haben. Doch plötzlich drehen Sie sich dreimal um die eigene Achse und versuchen panisch, die Orientierung zurückzugewinnen. Als es Ihnen endlich gelingt, sehen Sie, wie im Augenwinkel Ihr Schal an einer graugelb karierten Gazelle im Hosenanzug davonflattert.

Ihre Luftröhre fühlt sich gequetscht an und im Spiegel sehen Sie, wie sich schon ein roter Striemen unterhalb ihrer Kehle bildet. Vor dem Laden präsentiert Ihnen Sabine eine bunte Auswahl wunderschöner Frühlingsschals, die sie ergattert hat. Ihnen ist die Lust vergangen. Sie verabschieden sich, laufen zurück zu ihrem Rad und fahren nach Hause. Der leichte Fahrwind brennt an ihrem Hals, ihre Fußsohlen stechen bei jedem Tritt unangenehm, ihr Auge tränt und pocht laut unter dem Lid und ihr Rücken fühlt sich an, als wären Sie drei Wochen in einem Bootcamp gewesen.

Als Sie fünfzehn Minuten später zu Hause ankommen, brennen zusätzlich wieder ihre Pobacken bis hinunter in die Waden. Vollkommen erschöpft und mit leeren Händen schleppen Sie sich die Treppe hinauf. Als Sie oben ankommen, steht die Wohnungstür offen. Ihr Mann erscheint mit süß verstrubbelten Frischausderdusche-Haaren. Er lächelt Sie aufmunternd an und reicht Ihnen ihre großbauchige rote Lieblingstasse, aus der ein betörender Kaffeeduft aufsteigt. Wortlos schiebt er Sie ins Bad. Es richt nach Edeltannen und Wacholder. Als Sie sich Sekunden später ins heiße Wasser gleiten lassen, prickeln die Schaumbläschen wohltuend beruhigend auf Ihrer Haut. Sie schließen die Augen und wie eine Welle am Strand umspült Sie Entspannung.

Viel später öffnen Sie Ihr gutes Auge wieder und sehen das Werbeprospekt von heute Morgen wieder. Ihr Mann hat es gegenüber der Wanne an die Wand gepinnt. Neben dem Wort »verkaufsoffener Sonntag« prangen drei riesige Totenköpfe. Ein wahrer Gewitterregen an Blitzen geht über der restlichen Schrift hernieder. Seitlich hat er ein großes Herz gemalt. Darunter steht: »Nächsten Sonntag lieber Kino?« Kurz fragen Sie sich, womit Sie diesen Kerl verdient haben, dann lächeln Sie und tauchen ab.

Wohnwahnsinn

Kennen Sie das?

Sie stehen im Wohnzimmer, vor Ihnen ihre Frau. Sie wendet Ihnen den Rücken zu und gestikuliert wild an die gegenüberliegende Wand. Sie spricht in langen und doch staccatoartigen Sätzen. Jedes Mal wenn sie das tut, fragen Sie sich wie sie das macht, ein Staccato in die Länge ziehen.

»... und dort hin ein Regal. Das wollt ich schon iiimmmer...« Während Sie versuchen, ihrem Herumgefuhrwerke zu folgen, betrachten Sie die bordeauxrote Wand, die sie erst vor Kurzem gemeinsam gestrichen und neu dekoriert hatten. Makellos glönzt sie Ihnen entgegen. Rechts hängt ein Bild von Mark Chagall. Als Ihre Gedanken dahin abschweifen wird die Stimme Ihrer Frau zu einem angenehmen Hintergrundgeriesel. Leider nein, es ist kein Original. Das erkennt man schlicht daran, dass unter dem Bild, zwar in goldenen Lettern geschrieben, aber das hilft hier auch nicht weiter, Marc Schagall geschrieben steht. Allerdings war es ein Hochzeitsgeschenk der Schwiegermutter und somit ein Heiligtum, das bis gestern auf keinen Fall abgehangen werden durfte. Sie dagegen haben schon seit Längerem den Sinn dieser kruden Darstellung bezweifelt. Warum dieses Brautpaar darauf mit einer diversen Ansammlung von Bauernhoftieren und einem halben Orchesterensemble an Instrumenten in dunkler Nacht am Himmel fliegt, ist Ihnen bis heute nicht recht aufgegangen. Wer bitte träumt von solche einer bizarren Hochzeit?? Die Stimme Ihrer Frau ist nur noch ein Flüstern.

Ihr Blick wandert zur linken Seite und sogleich wächst Ihr Brustumfang um einige Zentimeter. Die alte Raketenkiste aus dem Zweiten Weltkrieg, die dort an einer Eisenkette hängt und als Buchregal dient, haben Sie im Keller des alten Hauses aufgestöbert. Die Stimme ist verstummt. Ihre Kreativität bis zum Erbrechen ausschöpfend haben Sie nächtelang geschliffen, geölt und genagelt. Jetzt erstrahlt das Meisterstück in völlig neuem Glanz und während Sie sich fragen, wohin diese wohl nun verbannt wird, bekommen Sie von rechts einen Rempler.

»Hörst du mir überhaupt zu?« Die Lautstärke Ihrer Stimme steigt so rasant an, dass es Ihnen die Zehennägel aufrollt. Trotzdem quetschen Sie ein »Na klar!«, zwischen den Zähnen hervor.

»Dann auf gehts, fahren wir!«, spricht sie und zieht Sie in den Flur. Sie trauen sich nicht, zu fragen wohin, aber Sie schlüpfen so überzeugend selbstsicher wie möglich in Ihre Schuhe.

Eine Autostunde später öffnet sich eine große gläserne Drehtür und es bedarf keiner weiteren Fragen mehr. Unweigerlich überkommt Sie wieder dieses klaustrophobische Gefühl, das Sie in geschlossenen Räumen ab und an empfinden. Sie blicken sich zaghaft um und Ihnen wird klar, dass Sie tatsächlich im skandinavischen Möbelaquarium des Wohnwahnsinns gefangen sind.

Ihre Frau scheint vollkommen anderer Gemütsverfassung zu sein. Sie reißt enthusiastisch einen winzigen Holzbleistift, einen Stapel Notizzettel und ein Papiermaßband aus der Verankerung, dass Sie befürchten, die wenig vertrauenserweckende Plastikkonstruktion könnte in Tausende von Teilen zerspringen. Dann stürmt sie voll überbordendem Elan auf eine schwarze Wohnzimmerwand zu, die Sie nicht einmal besitzen wollen würden, sollte ihr Onkel Mephistopheles bei Ihnen einziehen. Gott sei Dank wird sie auch schon abgelenkt.

»Oh, diese Kissen!«, quiekt sie entrückt und lässt sich auf ein orientalisch anmutendes, ein Mal ein Meter großes, Monstrum fallen. Sofort springt sie wieder auf, so als hätte sie eine eingebaute Feder wieder hochkatapultiert und zupft Sie am Ärmel.

»Das nehmen wir am besten gleich mit. Nicht, dass es das unten im Lager nicht mehr gibt.« Dabei schüttelt sie so verzweifelt den Kopf, als würde dies dann ihr frühzeitiges Ende bedeuten. Direkt reicht sie Ihnen einen gelben Einkaufsbeutel und fliegt davon, um sich auf jedes Sofa in der Ausstellung fallen zu lassen. Sie bleiben zurück und mühen sich damit ab, das Ungetüm in die viel zu kleine Tasche zu quetschen. Auch nach mehrmaligem Versuch schaut der größte Teil des wenig attraktiven Sitzmöbels noch oben heraus.

Sie entscheiden sich, die längeren Bänder des Beutels wie Abschleppseile zu nutzen und so das fragwürdige Ding hinter sich herzuziehen. Das schleifende Geräusch, das Sie dabei verursachen zieht viele Blicke auf sich. Während die Frauen einheitlich verstehend Ihrer Frau zunicken, gehen Ihre Geschlechtsgenossen weniger sensibel mit Ihnen um. Von gehässig-mitleidigen Blicken bis hin zu abschätzig-verachtenden, bieten sie alles auf, was die gesamte Range der Pantoffelheldscala zu bieten hat.

Ihrer Frau hinterherirrend, beobachten Sie verängstigt wie sie unzählige Nummern notiert. Mitunter reißt sie weitere Zettel aus diversen Ständern, über die man, praktisch unübersehbar, auf dem Weg stolpert. Hi und da lässt sie sich völlig unerwartet auf einen Stuhl oder Sessel fallen. Ab und an bleibt ihre Angetraute auch stehen, aber nur um dann sofort bei einem blaugelben Wohntraumengel direkt eine Bestellung aufzugeben. Ellenlange Seiten werden ausgedruckt, die Ihre Liebste sorgfältig beim Weiterhetzen zusammenfaltet.

Als Sie nach Stunden am Restaurant vorbeikommen Pocht ihr koffeinentzugsgepeinigter Kopf: »Ich will!«, wie ein Specht, unaufhörlich in Ihre Gehirnwindungen. Doch Ihre Frau wirft einen Blick auf die Uhr und zuckt mitleidslos die Schultern.

»Keine Zeit! Die schließen in drei Stunden.«
Bei der albtraumhaften Vorstellung weiterer
Stunden schwedischen Einkaufsmartyriums
wird Ihnen ganz flau. Sie fühlen sich plötzlich so leer, dass Sie nicht fähig sind, Ein-
spruch zu erheben.
Wankend folgen Sie Ihrer Angetrauten in
den Keller der Regalhölle, der Ihnen jedes
Mal das Gefühl gibt durch Treibsand zu
waten.

Zwei Stunden später schieben Sie zwei
volle Einkaufswägen durch die engen
Gänge. Das Drängeln und Pöbeln der
anderen Passanten ignorierend, versperren
Sie mit leicht irrer Freude, die gesamte
Bahn.
Plötzlich hören Sie Ihre Frau neben sich
Juchzen. Zwei riesige Topfpalmen balan-
cierend zieht sie geschickt einen weiteren
Wagen mit dem Fuß aus einer Parkzone.
Nachdem Sie die baumgroßen Gewächse
darauf abgeladen hat, gibt sie dem Gefährt
mit dem Fuß einen Schubs in Ihre Rich-
tung.

»Wie soll ich?« Sie heben verzweifelt die Hände in die Höhe, um zu signalisieren, dass sich ihr Körper auch in einer sauerstoffarmen Betonkanalisation nicht in eine siebenarmige, hinduistische Gottheit verwandeln kann. Als Reaktion erhalten Sie einen weiteren Befehl: »Regal 24, Fach 11!«, ruft Ihre Gattin Ihnen zwischen zwei Palmblättern hindurch zu und verschwindet in den Maulwurfsgängen.

Neun weitere Zahlenbefehle später bricht das rechte Hinterrad eines der Wägen und quetscht Ihnen den Zeh auf den dreckigen, harten Beton. Ein kurzer Aufschrei Ihrerseits, schon hat Ihre Frau Ihr Elend erkannt und rollt Ihnen einen Ersatzwagen zu. Gerade als Sie das Letzte der sechzehn vierzig Kilo Pakete hinüberwuchten, schießt Ihnen ein stechender Schmerz in die Lende. Sie können sich plötzlich nicht mehr aufrichten, da hören Sie Ihre Allerliebste: »Ab zu den Kassen«, tröten.

Der Erlösung nahe, raffen Sie ihre letzten Kraftreserven zusammen und überwinden ruckartig den schmerzhaftesten Punkt. Es kracht laut und Ihr rechtes Bein wird taub, doch Sie stehen wieder gerade.

Fünf Minuten später erklärt die freundliche Kassiererin, mit einem mitleidigen Blick, dass das Limit Ihrer EC-Karte leider nicht ausreicht. Blitzartig, schneller als ein Gecko auf Beutefang, schnellt daraufhin der Arm Ihrer Gattin herüber und flitscht Ihre Kreditkarte erstaunlich geschickt aus der Innentasche Ihrer Jacke. Verblüfft und ein wenig bewundernd, sehen Sie sie noch an, da verschwindet sie auch schon in Richtung der Gefriertruhen mit den Fleischbällchen.

Als Sie die voll beladenen Wägen Richtung Ausgang schieben, steigt Ihnen ein Duft in die Nase, der Sie augenblicklich Ihren pochenden Zeh und Ihr taubes Bein vergessen lässt. Auch ihr Zerebrum, das immer noch verzweifelt versucht die Höhe der Kreditkartenzahlung in ihre Einzelteile zu zerlegen, schweigt plötzlich still. Sie lassen die Metalllastkamele an einer Säule stehen und wenden sich um. Ihre Hand streckt sich schon nach dem warmen Becher, den Ihnen eine freundliche Bedienung reicht, da hören Sie hinter sich Ihre Frau kreischen: »Wo sind die Wägen?« Sie wirbeln verwirrt herum, verschütten den heißen Kaffee über ihr Hemd und verbrühen sich die Brust. Gerade als Ihr gestresstes Gehirn erfasst, dass da, wo eben noch die teuer bezahlte Fracht stand, nun gähnende Leere herrscht, rasen Sie im Bett hoch.

Ihr Herz pocht wild und unter der Decke pocht ihr Zeh tatsächlich schmerzhaft mit. Sie lüpfen das Plumeau und stellen erleichtert fest, dass dies nur Einbildung ist, denn es zeichnet sich keine Brandblase auf ihrer Brust ab, obwohl es auch hier verdächtig brennt. Sie begreifen, dass alles nur ein Traum war, und lassen sich zurück in die Kissen fallen. Völlig platt und doch überglücklich wenden Sie sich um und wollen Ihrer Frau von Ihrer Horrornacht erzählen, da bemerken Sie, dass ihre Bettseite leer ist. Am Samstag, um acht in der früh, überlegen Sie? Angestochen springen Sie auf und sprinten die Treppe hinunter. Das Bad ist leer, auf dem Esstisch kein Frühstück. Ihr Puls beschleunigt sich, da hören Sie sie.

In Schockstarre verharren Sie bevor sie sich wie in Zeitlupe umwenden. Sehr langsam betreten Sie das Wohnzimmer. Dort gestikuliert Ihre Liebste wild herum und zeigt auf die bordeauxrote Wand.

»Lass Träume wahr werden!«, schickt Ihnen Ihr Großhirn als nichtsnutziger Unterstützer. »Aber doch nicht diesen!«, schreit ein anderer Teil des Denkapparats hinterher. In diesem Moment dreht Ihre Frau sich zu Ihnen um.

»Was ist?«, fragt sie und strahlt Sie an, wobei Ihre braunen Augen mit Sonnensprenkel durchsetzt funkeln. Sie zucken mit den Schultern und wandeln geschlagen in den Gang, um sich Ihre Schuhe überzustreifen.

»Wohnst du schon oder lebst du noch?«, schickt Ihnen nun Ihr unbrauchbarer Oberstübchenmuskel, während Sie auf Ihren Gang zum Schafott warten.

DANKE!

Ich danke meiner wundervollen Tochter für die fantastische Umsetzung meiner Wünsche. Ihre professionellen Illustrationen geben dem Buch die gewisse Würze. Freue mich schon auf unsere nächste Zusammenarbeit!

Ich danke meinem unermüdlichen Bildprofi und Lebensgefährten für sein geschultes Auge und seine liebevolle Begleitung während der Einbettung der Illustrationen und des Covers.

Mit euch beiden macht selbst arbeiten Spaß!!